Moi,
Thérèse Miaou

Qui a piqué mes croquettes ?

écrit par Gérard Moncomble
illustré par Frédéric Pillot

HATIER
POCHE

1

Miam-miam à minuit

Pourquoi faut-il que je hurle
comme une sirène de pompier
pour réveiller Suzanne?
J'ai une faim de loup, moi!
Debout tout le monde,
matoupétard!

Mademoiselle daigne enfin
se lever. En râlant :
– Tu es un estomac à quatre

pattes, Thérèse.
Et alors ? La nuit,
Suzanne dort
et moi, je mange.

Mais là, problème. Mon bol est
vide, archi-vide.

– Je suis pourtant sûre de l'avoir rempli, dit Suzanne.
Elle fouille le placard.
Plus une miette de croquettes!
Je m'impatiente.

Maman tente de m'amadouer
avec de vieux restes.
Matoupeste! Je veux mes
croquettes. Et je le dis tout net.

Papa surgit, l'air furax.
– C'est fini, ce boucan?
– Mais Thérèse a faim, enfin! proteste Suzanne.
– Et moi sommeil, saperlicrotte! La nuit, on dort!

Je peux mourir de faim, ici!
Tout le monde s'en fiche!
– T'en fais pas, Thérèse! On va les retrouver, tes croquettes!
Et le voleur qui va avec!

2
Boulettes à gogo

Suzanne cherche une piste. Moi, je la trouve! Un poil! Dur et gris! Compris!
C'est Lucien le chien du voisin qui a fait le coup!

Mauvaise pioche.
Ce cornichon roupille,
enchaîné à sa niche.

À moins que mes croquettes chéries n'attirent les fripouilles, les canailles, les filous !

Mathieu le Pouilleux, Croque-Poubelle et Pépé la Sardine! Trois matous prêts à tout, trois terreurs. Mais je fais erreur. Les croquettes? Quelle horreur! Ils préfèrent le poisson pourri, le vieux lard et les croûtes de fromage.

Notre enquête patauge. Et plus d'indices.
Si! Ça s'agite là-haut!
Matoufricfrac! Le voleur va être pris la main dans le sac!

Encore loupé!

Les chouettes
ne mangent pas
de croquettes,
saperlipopette!

Mais les souris, sapristi!
qui trient, qui charrient,
qui trottinent!
Oui! Je parie que oui!

Raté ! Dans leur cachette,
pas une croquette.
L'enquête piétine sec.

3
Pique-croquettes

Ce matin, maman fonce à la supérette et vide le rayon croquettes. Je m'empiffre. Bonheur total!

Mais pas question d'oublier le pique-croquettes. Le bol est rempli, on s'est mis à l'abri. C'est notre piège à bandit.

C'est inouï ce
qu'il y a comme
bruits, la nuit.

Ça craque, ça crisse
de ci, ça grince de là.
Qui fait tout ce barouf?

Ouf! Ce n'est que la tribu des
souris qui entasse ses stocks.

La crapule a mordu
à l'hameçon!
Lumière, Suzanne!

Matoucouak!
C'est papa!

– Il y a des souris partout, ici! rugit-il. Le travail d'un chat, c'est de les croquer!

Fini les croquettes !

Travailler, moi ? Il est fou, le papa ? Et il m'affame, en plus ! Assassin ! Affreux ! Sans-cœur ! C'est décidé : je m'en vais.

Mais papa abandonne vite la partie. Obligé, on est tous contre lui : maman, Suzanne, les souris et moi. Manger ces petites bêtes, ça va pas la tête? Vivent les croquettes!

As-tu une mémoire d'éléphant ?

1. *Avec quoi maman et Suzanne essaient-elles de me faire taire ?*

a.

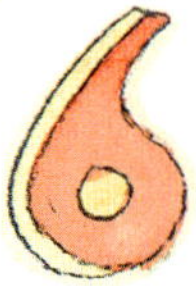

b.

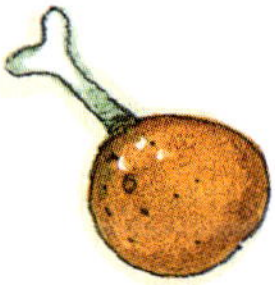

c.

d.

e.

f.

2. *Qu'est-ce que Suzanne a coiffé pour jouer au détective ?*

a.

b.

c.

d.

3. *Qui habite le grenier ?*

a. **b.** **c.** **d.**

4. *Quelle forme ont mes croquettes ?*

a. **b.** **c.** **d.** **e.**

Solution : **1.** *a, c, e, f.* **2.** *c* **3.** *c* **4.** *c*

Salut ! Moi, c'est **Thérèse**. La Thérèse en vrai, avec des poils et des moustaches.
Je vis avec Gérard Moncomble et sa famille dans une grande maison à la campagne.
J'ai des croquettes, un coussin et je dors toute la journée.
Le bonheur, ça s'appelle.

Ça, c'est **Frédéric**, **Gérard** et moi.
Le grand blond me dessine avec ses crayons et ses pinceaux. Le barbu raconte mes histoires. En plus, ils me caressent tout le temps.

Hé, ho ! Moi aussi, je peux faire ma star, hein ! Pour qui elle se prend, celle-là ?

HATIER
POCHE

POUR DÉCOUVRIR :

> **des fiches pédagogiques** élaborées par les enseignants qui ont testé les livres dans leur classe,
> **des jeux** pour les malins et les curieux,
> **les vidéos** des auteurs qui racontent leur histoire,

rendez-vous sur

www.hatierpoche.com

Responsable de la collection :
Anne-Sophie Dreyfus
Direction artistique, création graphique et réalisation : DOUBLE, Paris

ISBN : 978-2-218-97025-2
ISSN : 2100-2843

Loi n° 49956 du 16 juillet 1949 sur les publications destinées à la jeunesse.

PAPIER À BASE DE FIBRES CERTIFIÉES

Hatier s'engage pour l'environnement en réduisant l'empreinte carbone de ses livres. Celle de cet exemplaire est de :
150 g éq. CO_2
Rendez-vous sur www.hatier-durable.fr

IMPRIM'VERT

Achevé d'imprimer en France par Clerc
Dépôt légal : n°97025-2/03 - décembre 2014